auto da barca do inferno

Edição com texto integral. Inclui notas explicativas para os termos não usuais.

BIBLIOTECA LUSO-BRASILEIRA

O livro é a porta que se abre para a realização do homem.

Jair Lot Vieira

GIL VICENTE

auto da barca do inferno

VIALEITURA

Copyright desta edição © 2016 by Edipro Edições Profissionais Ltda.

Todos os direitos reservados. Nenhuma parte deste livro poderá ser reproduzida ou transmitida de qualquer forma ou por quaisquer meios, eletrônicos ou mecânicos, incluindo fotocópia, gravação ou qualquer sistema de armazenamento e recuperação de informações, sem permissão por escrito do editor.

Grafia conforme o novo Acordo Ortográfico da Língua Portuguesa.

1ª edição, 3ª reimpressão 2024.

Editores: Jair Lot Vieira e Maíra Lot Vieira Micales
Produção editorial: Fernanda Rizzo Sanchez
Revisão: Beatriz Simões e Tatiana Yumi Tanaka
Notas de rodapé: Tatiana Yumi Tanaka
Editoração eletrônica: Estúdio Design do Livro
Capa: Estúdio Design do Livro

Dados Internacionais de Catalogação na Publicação (CIP)
(Câmara Brasileira do Livro, SP, Brasil)

Vicente, Gil, 1465?-1536?.
    Auto da barca do inferno / Gil Vicente. – São Paulo : Via Leitura, 2016.

    ISBN 978-85-67097-30-5

    1. Teatro português I. Título.

16-01394   CDD-869.2

Índice para catálogo sistemático:
1. Teatro : Literatura portuguesa : 869.2

Via Leitura

São Paulo: (11) 3107-7050 • Bauru: (14) 3234-4121
www.vialeitura.com.br • edipro@edipro.com.br
@editoraedipro @editoraedipro

AUTO DA BARCA DO INFERNO

GIL VICENTE

Auto de moralidade composto por Gil Vicente por contemplação da sereníssima e muito católica rainha Lianor, nossa senhora, e representado por seu mandado ao poderoso príncipe e mui alto rei Manuel, primeiro de Portugal deste nome.

Começa a declaração e argumento da obra. Primeiramente, no presente auto, se fegura[1] que, no ponto que acabamos de espirar[2], chegamos supitamente[3] a um rio, o qual per força havemos de passar em um de dous batéis[4] que naquele porto estão, *scilicet*[5], um deles passa pera[6] o paraíso e o outro pera o inferno: os quais batéis têm cada um seu arrais[7] na proa: o do paraíso um anjo, e o do inferno um arrais infernal e um companheiro.

---

1. Fegura: Figura.
2. Espirar: Expirar, morrer.
3. Supitamente: O mesmo que subitamente.
4. Batéis: Embarcações.
5. *Scilicet*: Isto é.
6. Pera: O mesmo que para.
7. Arrais: Marinheiro.

O primeiro interlocutor é um Fidalgo que chega com um Paje[8], que lhe leva um rabo mui comprido e üa[9] cadeira de espaldas[10]. E começa o Arrais do Inferno ante que o Fidalgo venha.

Diabo

À barca, à barca, houlá!
que temos gentil maré!
– Ora venha o carro a ré!

Companheiro

Feito, feito!

Diabo

Bem está!
Vai tu muitieramá[11],
e atesa[12] aquele palanco[13]
e despeja aquele banco,
pera a gente que virá.

---

8. Paje: O mesmo que pajem, rapaz que acompanha um senhor para prestar-lhe serviços.
9. Üa: Uma.
10. Espaldas: Encostos de cadeira.
11. Muitieramá: Em má hora.
12. Atesa: Prende.
13. Palanco: Corda que serve para içar.

À barca, à barca, hu-u!
Asinha[14], que se quer ir!
Oh, que tempo de partir,
louvores a Berzebu[15]!
– Ora, sus! que fazes tu?
Despeja todo esse leito!

Companheiro
Em boa hora! Feito, feito!

Diabo
Abaixa aramá esse cu![16]
Faze aquela poja[17] lesta[18]
e alija[19] aquela driça[20].

Companheiro
Oh, oh, caça[21]! Oh, oh, iça, iça!

---

14. Asinha: Rápido, depressa.
15. Berzebu. Belzebu, o diabo.
16. "Abaixa aramá esse cu!": Vamos trabalhar direito!
17. Poja: Parte inferior da vela do navio.
18. Lesta: Ligeiro.
19. Alija: Arremessa.
20. Driça: Cabo usado para içar.
21. Caça: Estica.

Diabo

Oh, que caravela esta!

Põe bandeiras, que é festa.

Verga[22] alta! Âncora a pique!

– Ó poderoso dom Anrique[23],

cá vindes vós?... Que cousa é esta?...

Vem o Fidalgo e, chegando ao batel infernal, diz:

Fidalgo

Esta barca onde vai ora,

que assi está apercebida[24]?

Diabo

Vai pera a ilha perdida,

e há de partir logo ess'ora[25].

Fidalgo

Pera lá vai a senhora?

---

22. Verga: Pau no mastro de uma embarcação.
23. Anrique: Henrique.
24. Apercebida: Equipada.
25. Ess'ora: Essa hora.

Diabo

Senhor, a vosso serviço.

Fidalgo

Parece-me isso cortiço...

Diabo

Porque a vedes lá de fora.

Fidalgo

Porém, a que terra passais?

Diabo

Pera o inferno, senhor.

Fidalgo

Terra é bem sem sabor.

Diabo

Quê?... E também cá zombais?

Fidalgo
E passageiros achais
pera tal habitação?

Diabo
Vejo-vos eu em feição[26]
pera ir ao nosso cais...

Fidalgo
Parece-te a ti assi!...

Diabo
Em que esperas ter guarida[27]?

Fidalgo
Que leixo[28] na outra vida
quem reze sempre por mi.

Diabo
Quem reze sempre por ti?!..
Hi, hi, hi, hi, hi, hi, hi!...

---

26. "Em feição": Do jeito certo.
27. Guarida: Proteção.
28. Leixo: Contrário de desleixo.

E tu viveste a teu prazer,
cuidando cá guarecer[29]
por que rezam lá por ti?!...

Embarcai, hou! Embarcai...
que haveis de ir à derradeira!
Mandai meter a cadeira,
que assi passou vosso pai.

Fidalgo

Quê? Quê? Quê? Assi lhe vai?!

Diabo

Vai ou vem! Embarcai prestes[30]!
Segundo lá escolhestes,
assi cá vos contentai.
Pois que já a morte passastes,
haveis de passar o rio.

Fidalgo

Não há aqui outro navio?

---

29. Guarecer: Curar-se.
30. Prestes: Logo, rápido.

Diabo
Não, senhor, que este fretastes,
e primeiro que expirastes
me destes logo sinal.

Fidalgo
Que sinal foi esse tal?

Diabo
Do que vós vos contentaste.

Fidalgo
A estoutra[31] barca me vou.
– Hou da barca! Para onde is?
Ah, barqueiros! Não me ouvis?
Respondei-me! Houlá! Hou!...

– Pardeus[32], aviado[33] estou!
Cant'a isto é já pior...
Que jericocins[34], salvanor[35]!
Cuidam cá que sou eu grou[36]?

---

31. Estoutra: Esta outra.
32. Pardeus: Por Deus.
33. Aviado: Arranjado.
34. Jericocins: Asnos.
35. Salvanor: Com sua licença.
36. Grou: Tipo de ave que também designa uma pessoa
    estúpida, atrapalhada.

Anjo

Que quereis?

Fidalgo

Que me digais,
pois parti tão sem aviso,
se a barca do Paraíso
é esta em que navegais.

Anjo

Esta é; que demandais?

Fidalgo

Que me leixeis[37] embarcar.
Sou fidalgo de solar[38],
é bem que me recolhais.

Anjo

Não se embarca tirania
neste batel divinal.

---

37. Leixeis: Deixeis.
38. Solar: Residência, família nobre.

Fidalgo
Não sei por que haveis por mal
que entre a minha senhoria...

Anjo
Pera vossa fantesia[39]
mui estreita é esta barca.

Fidalgo
Pera senhor de tal marca
nom há aqui mais cortesia?
Venha prancha e atavio!
Levai-me desta ribeira!

Anjo
Não vindes vós de maneira
pera entrar neste navio.
Essoutro vai mais vazio:
a cadeira entrará
e o rabo caberá
e todo vosso senhorio.
Ireis lá mais espaçoso,
vós e vossa senhoria,

---

39. Fantesia: Presunção.

cuidando na tirania
do pobre povo queixoso.
E por que, de generoso,
desprezastes os pequenos,
achar-vos-eis tanto menos
quanto mais fostes fumoso[40].

Diabo

À barca, à barca, senhores!
Oh! Que maré tão de prata!
Um ventozinho que mata
e valentes remadores!

Diz, cantando:

Vós me veniredes a la mano[41],
a la mano me veniredes[42].

Fidalgo

Ao Inferno, todavia!
Inferno há i pera mi?
Oh, triste! Enquanto vivi
não cuidei que o i havia:

---

40. Fumoso: Soberbo.
41. *"Vós me veniredes a la mano"*: Vós vireis a mim à mão.
42. *"A la mano me veniredes"*: À mão vireis a mim.

Tive que era fantesia!
Folgava ser adorado,
confiei em meu estado
e não vi que me perdia.
– Venha essa prancha! Veremos
esta barca de tristura.

Diabo
Embarque vossa doçura,
que cá nos entenderemos...
Tomareis um par de remos,
veremos como remais,
e, chegando ao nosso cais,
todos bem vos serviremos.

Fidalgo
Esperai-me-ês vós aqui,
tornarei à outra vida
ver minha dama querida
que se quer matar por mi.

Diabo
Que se quer matar por ti?!...

Fidalgo
Isto bem certo o sei eu.

Diabo
Ó namorado sandeu[43],
o maior que nunca vi!...

Fidalgo
Como pod'rá isso ser,
que m'escrevia mil dias?

Diabo
Quantas mentiras que lias,
e tu... morto de prazer!...

Fidalgo
Pera que é escarnecer,
quem nom havia mais no bem?

Diabo
Assi vivas tu, amém,
como te tinha querer!

---

43. Sandeu: Idiota.

Fidalgo

Isto quanto ao que eu conheço...

Diabo

Pois estando tu expirando,
se estava ela requebrando
com outro de menos preço[44].

Fidalgo

Dá-me licença, te peço,
que vá ver minha mulher.

Diabo

E ela, por não te ver,
despenhar-se-á dum cabeço[45]!
Quanto ela hoje rezou,
antre seus gritos e gritas,
foi dar graças infinitas
a quem a desassombrou[46].

---

44. "Menos preço": Condição inferior.
45. Cabeço: Barca.
46. Desassombrou: Livrou de um grande infortúnio.

Fidalgo
Cant'a ela, bem chorou!

Diabo
Nom há i choro de alegria?...

Fidalgo
E as lástimas que dezia[47]?

Diabo
Sua mãe lhas ensinou...
Entrai, meu senhor, entrai:
– Ei-la! Prancha! Ponde o pé...

Fidalgo
Entremos, pois que assi é.

Diabo
Ora, senhor, descansai,
passeai e suspirai.
Entanto virá mais gente.

---

47. Dezia: Dizia.

Fidalgo

Ó barca, como és ardente!
Maldito quem em ti vai!

Diz o Diabo ao Moço da cadeira:

Diabo

Nom entras cá! Vai-te d'i!
A cadeira é cá sobeja[48];
cousa que esteve na igreja
nom se há de embarcar aqui.
Cá lha darão de marfi[49],
marchetada[50] de dolores[51],
com tais modos de lavores,
que estará fora de si...
– À barca, à barca, boa gente,
que queremos dar a vela!
Chegar a ela! Chegar a ela!
Muitos e de boamente[52]!
Oh! que barca tão valente!

---

48. Sobeja: Que resta, que sobra.
49. Marfi: Marfim.
50. Marchetada: Ornada.
51. Dolores: Dores.
52. Boamente: Bom grado.

*Vem um Onzeneiro[53], e pergunta ao Arrais do Inferno,
dizendo:*

Onzeneiro
Pera onde caminhais?

Diabo
Oh! Que má hora venhais,
onzeneiro, meu parente!
Como tardastes vós tanto?

Onzeneiro
Mais quisera eu lá tardar...
Na safra do apanhar[54]
me deu Saturno quebranto.

Diabo
Ora mui muito m'espanto
nom vos livrar o dinheiro!...

Onzeneiro
Solamente para o barqueiro
nom me leixaram nem tanto...

---

53. Onzeneiro: Agiota.
54. Apanhar: Ganhar dinheiro.

Diabo
Ora entrai, entrai aqui!

Onzeneiro
Não hei eu i d'embarcar!

Diabo
Oh! que gentil recear,
e que cousas pera mi!...

Onzeneiro
Ainda agora faleci,
leixa-me buscar batel!

Diabo
Pesar de São Pimentel!
Porque não irás aqui?...

Onzeneiro
E pera onde é a viagem?

Diabo
Pera onde tu hás de ir.

Onzeneiro
Havemos logo de partir?

Diabo
Não cures de mais linguagem[55].

Onzeneiro
Mas pera onde é a passagem?

Diabo
Pera a infernal comarca.

Onzeneiro
Dix![56] Nom vou eu em tal barca.
Estoutra tem avantagem.

Vai-se à barca do Anjo, e diz:

Hou da barca! Houlá! Hou!
Haveis logo de partir?

Anjo
E onde queres tu ir?

---

55. "Não cures de mais linguagem": Chega de conversa.
56. Dix: Similar a "diacho", "droga".

Onzeneiro

Eu pera o Paraíso vou.

Anjo

Pois cant'eu[57] mui fora estou
de te levar para lá.
Essoutra te levará;
vai pera quem te enganou!

Onzeneiro

Por quê?

Anjo

Porque esse bolsão
tomará todo o navio.

Onzeneiro

Juro a Deus que vai vazio!

Anjo

Não já no teu coração.

---

57. Cant'eu: Quanto a mim.

Onzeneiro

Lá me fica, de rondão[58],
minha fazenda e alhea[59].

Anjo

Ó onzena[60], como és fea[61]
e filha de maldição!

Torna o Onzeneiro à barca do Inferno e diz:

Onzeneiro

Houlá! Hou! Demo barqueiro!
Sabeis vós no que me fundo[62]?
Quero lá tornar ao mundo
e trazer o meu dinheiro,
que aqueloutro marinheiro,
porque me vê vir sem nada,
dá-me tanta borregada[63]
como arrais lá do Barreiro.

---

58. "De rondão": De modo inesperado.
59. Alhea: Alheia.
60. Onzena: Usura.
61. Fea: Feia.
62. Fundo: Baseio.
63. Borregada: Ofensa.

Diabo
Entra, entra, e remarás!
Nom percamos mais maré!

Onzeneiro
Todavia...

Diabo
Per força é[64]!
Que te pês[65], cá entrarás!
Irás servir Satanás,
pois que sempre te ajudou.

Onzeneiro
Oh! Triste, quem me cegou?

Diabo
Cal'te[66], que cá chorarás.

Entrando o Onzeneiro no batel, onde achou o Fidalgo embarcado, diz, tirando o barrete[67]:

---

64. "Per força é": Não tem jeito.
65. "Que te pês": Mesmo que seja custoso.
66. Cal'te: Cala-te.
67. Barrete: Chapéu usado por religiosos.

Onzeneiro
Santa Joana de Valdês!
Cá é vossa senhoria?

Fidalgo
Dá ao demo a cortesia!

Diabo
Ouvis? Falai vós cortês!
Vós, Fidalgo, cuidareis
que estais na vossa pousada?
Dar-vos-ei tanta pancada
com um remo, que renegueis!

Vem Joane, o Parvo[68], e diz ao Arrais do Inferno:

Parvo
Hou daquesta[69]!

Diabo
Quem é?

---

68. Parvo: Tolo.
69. Daquesta: Desta.

Parvo

Eu sou.
É esta a naviarra[70] nossa?

Diabo

De quem?

Parvo

Dos tolos.

Diabo

Vossa.
Entra!

Parvo

De pulo ou de voo?
Hou! Pesar de meu avô[71]!
Soma[72], vim adoecer
e fui má hora morrer,
e nela, pera mi só.

---

70. Naviarra: Grande navio.
71. "Pesar de meu avô": Diabos.
72. Soma: Em resumo.

Diabo
De que morreste?

Parvo
De quê?
Samicas[73] de caganeira.

Diabo
De quê?

Parvo
De caga merdeira!
Má rabugem[74] que te dê!

Diabo
Entra! Põe aqui o pé!

Parvo
Houlá! Nom tombe o zambuco[75]!

---

73. Samicas: Talvez.
74. Rabugem: Sarna.
75. Zambuco: Pequena embarcação.

Diabo

Entra, tolaço[76] eunuco[77],
que se nos vai a maré!

Parvo

Aguardai, aguardai, houlá!
E onde havemos nós d'ir ter?

Diabo

Ao porto de Lucifer.

Parvo

Ha-á-a...

Diabo

Ó Inferno! Entra cá!

Parvo

Ao Inferno?... Eramá[78]...
Hiu! Hiu! Barca do cornudo.

---

76. Tolaço: Grande tolo.
77. Eunuco: Sujeito débil.
78. Eramá: Má hora.

Pero Vinagre[79], beiçudo, beiçudo,
rachador d'Alverca, huhá!
Sapateiro da Candosa!
Antrecosto[80] de carrapato!
Hiu! Hiu! Caga no sapato,
filho da grande aleivosa[81]!
Tua mulher é tinhosa
e há de parir um sapo
chantado[82] no guardanapo!
Neto de cagarrinhosa[83]!

Furta cebolas! Hiu! Hiu!
Excomungado nas erguejas[84]!
Burrela[85], cornudo sejas!
Toma o pão que te caiu!
A mulher que te fugiu
per'a Ilha da Madeira!
Cornudo atá[86] mangueira,
toma o pão que te caiu!

---

79.   Vinagre: Pessoa intratável.
80.   Antrecosto: Costas.
81.   Aleivosa: Mulher falsa.
82.   Chantado: Colocado.
83.   Cagarrinhosa: Mulher medrosa.
84.   Erguejas: Igrejas.
85.   Burrela: Mulher que fora vaiada.
86.   Atá: Até.

Hiu! Hiu! Lanço-te üa pulha[87]!
Dê-dê! Pica nàquela!
Hump! Hump! Caga na vela!
Hio, cabeça de grulha[88]!
Perna de cigarra velha,
caganita de coelha,
pelourinho da Pampulha!
Mija n'agulha, mija n'agulha!

Chega o Parvo ao batel do Anjo e diz:

Parvo
Hou da barca!

Anjo
Que me queres?

Parvo
Quereis-me passar além?

Anjo
Quem és tu?

---

87. Pulha: Peça, logro.
88. Grulha: Tagarela.

Parvo

Samica alguém.

Anjo

Tu passarás, se quiseres;
porque em todos teus fazeres
per malícia nom erraste.
Tua simpreza t'abaste[89]
pera gozar dos prazeres.
Espera entanto per i[90]:
veremos se vem alguém,
merecedor de tal bem,
que deva de entrar aqui.

Vem um Sapateiro com seu avental e carregado de formas, e chega ao batel infernal, e diz:

Sapateiro

Hou da barca!

Diabo

Quem vem i?
– Santo sapateiro honrado,
como vens tão carregado?...

---

89. "Tua simpreza t'abaste": Tua simplicidade te bastou.
90. I: Aí.

Sapateiro

Mandaram-me vir assi...
E pera onde é a viagem?

Diabo

Pera o lago dos danados.

Sapateiro

Os que morrem confessados
onde têm sua passagem?

Diabo

Nom cures de mais linguagem!
Esta é a tua barca, esta!

Sapateiro

Renegaria eu da festa
e da puta da barcagem[91]!
Como poderá isso ser,
confessado e comungado?!...

Diabo

Tu morreste excomungado:
Nom o quiseste dizer.

---

91. Barcagem: Carga do barco.

Esperavas de viver,
calaste dous mil enganos...
Tu roubaste bem trint'anos
o povo com teu mester[92].
Embarca, eramá pera ti,
que há já muito que t'espero!

Sapateiro
Pois digo-te que nom quero!

Diabo
Que te pês[93], hás de ir, si, si!

Sapateiro
Quantas missas eu ouvi,
nom me hão elas de prestar?

Diabo
Ouvir missa, então roubar,
é caminho per'aqui.

---

92. Mester: Trabalho, ofício.
93. "Que te pês": Mesmo que não queira.

Sapateiro

E as ofertas que darão?
E as horas dos finados?

Diabo

E os dinheiros mal levados,
que foi da satisfação?

Sapateiro

Ah! Nom praza[94] ao cordovão[95],
nem à puta da badana[96],
se é esta boa traquitana
em que se vê Jan Antão!
Ora juro a Deus que é graça!

Vai-se à barca do Anjo e diz:

Hou da santa caravela,
podereis levar-me nela?

---

94. Praza: Agrade.
95. Cordovão: Couro de cabra.
96. Badana: Pele de ovelha.

Anjo

A cárrega[97] t'embaraça[98].

Sapateiro

Nom há mercê que me Deus faça?
Isto uxiquer[99] irá.

Anjo

Essa barca que lá está
Leva quem rouba de praça.
Oh! Almas embaraçadas!

Sapateiro

Ora eu me maravilho
haverdes por grão pejilho[100]
quatro forminhas cagadas
que podem bem ir i chantadas
num cantinho desse leito!

Anjo

Se tu viveras dereito,
elas foram cá escusadas.

---

97. Cárrega: Carga.
98. Embaraça: Não permite.
99. Uxiquer: Em qualquer lugar.
100. Pejilho: Obstáculo.

Sapateiro
Assi que determinais
que vá cozer ao Inferno?

Anjo
Escrito estás no caderno
das ementas infernais.

Torna-se à barca dos danados, e diz:

Sapateiro
Hou barqueiros! Que aguardais?
Vamos, venha a prancha logo
e levai-me àquele fogo!
Não nos detenhamos mais!

Vem um Frade com üa Moça pela mão, e um broquel
e üa espada na outra, e um casco debaixo do capelo[101]; e,
ele mesmo fazendo a baixa, começou de dançar, dizendo:

Frade
Tai-rai-rai-ra-rã; ta-ri-ri-rã;
ta-rai-rai-rai-rã; tai-ri-ri-rã:
tã-tã; ta-ri-rim-rim-rã! Huhá!

---

101. Capelo: Parte superior da vestimenta dos religiosos
usada para cobrir a cabeça.

Diabo
Que é isso, padre?! Que vai lá?

Frade
Deo gratias! Sou cortesão.

Diabo
Sabeis também o tordião[102]?

Frade
Por que não? Como ora sei!

Diabo
Pois entrai! Eu tangerei[103]
e faremos um serão.
Essa dama é ela vossa?

Frade
Por minha la tenho eu,
e sempre a tive de meu.

---

102. Tordião: Tipo de dança.
103. Tangerei: Tocarei.

Diabo

Fezestes bem, que é fermosa!
E não vos punham lá grosa[104]
no vosso convento santo?

Frade

E eles fazem outro tanto!

Diabo

Que cousa tão preciosa...
Entrai, padre reverendo!

Frade

Para onde levais gente?

Diabo

Pera aquele fogo ardente
que nom temeste vivendo.

Frade

Juro a Deus que nom t'entendo!
E este hábito[105] no me val[106]?

---

104. Grosa: Censura.
105. Hábito: Vestimenta religiosa.
106. Val: Vale.

Diabo

Gentil padre mundanal,
a Berzebu vos encomendo!

Frade

Corpo de Deus consagrado!
Pela fé de Jesu Cristo,
que eu nom posso entender isto!
Eu hei-de ser condenado?!...
Um padre tão namorado
e tanto dado à virtude?
Assi Deus me dê saúde,
que eu estou maravilhado!

Diabo

Não cureis de mais detença.
Embarcai e partiremos:
tomareis um par de remos.

Frade

Nom ficou isso n'avença[107].

---

107. Avença: Acordo.

Diabo
Pois dada está já a sentença!

Frade
Pardeus! Essa seria ela!
Não vai em tal caravela
minha senhora Florença.
Como? Por ser namorado
e folgar com üa mulher
se há um frade de perder,
com tanto salmo rezado?!...

Diabo
Ora estás bem aviado!

Frade
Mais estás bem corregido[108]!

Diabo
Devoto padre-marido,
haveis de ser cá pingado...[109]

---

108. Corregido: Reparado.
109. Pingado: Queimado com óleo ou azeite.

Descobriu o Frade a cabeça, tirando o capelo; e apareceu o casco, e diz o Frade:

Frade
Mantenha Deus esta c'oroa!

Diabo
Ó padre frei capacete!
Cuidei que tínheis barrete...

Frade
Sabei que fui da pessoa!
Esta espada é roloa
e este broquel rolão.

Diabo
Dê Vossa Reverença lição
d'esgrima, que é cousa boa!

Começou o frade a dar lição d'esgrima com a espada e broquel, que eram d'esgrimir, e diz desta maneira:

Frade

Deo gratias! Demos caçada[110]!
Pera sempre contra sus[111]!
Um fendente[112]! Ora sus!
Esta é a primeira levada.
Alto! Levantai a espada!
– Metei o diabo na cruz
como o que eu agora pus...
– Saí co'a espada raspada
e que fique anteparada.
Talho largo, e um revés!
E logo colher os pés,
que todo o al[113] nom é nada!
Quando o recolher se tarda
o ferir nom é prudente.
Ora, sus! Mui largamente,
cortai na segunda guarda!
– Guarde-me Deus d'espingarda
mais de homem denodado[114].
Aqui estou tão bem guardado
como a palha n'albarda[115].
Saio com meia espada...
Hou lá! Guardai as queixadas!

---

110. "Demos caçada": Lutemos com espadas.
111. "Contra sus": Tipo de golpe usado na esgrima.
112. Fendente: Golpe usado na esgrima.
113. Al: Restante.
114. Denodado: Atrevido.
115. Albarda: Sela de besta de carga.

Diabo
Oh, que valentes levadas!

Frade
Ainda isto nom é nada...
Demos outra vez caçada!
Contra sus e um fendente,
e, cortando largamente,
eis aqui sexta feitada[116].
Daqui saio com üa guia
e um revés da primeira:
esta é a quinta verdadeira.
– Oh! quantos daqui feria!...
Padre que tal aprendia
no Inferno há de haver pingos?!...
Ah! Nom praza a São Domingos
com tanta descortesia!

Tornou a tomar a Moça pela mão, dizendo:

Frade
Prossigamos nossa história,
não façamos mais detença!
Dá cá mão, senhora Florença:
Vamos à barca da Glória!

---

116. Feitada: Posição de ataque.

*Começou o Frade a fazer o tordião e foram dançan-
do até o batel do Anjo desta maneira:*

Frade

Ta-ra-ra-rai-rã; ta-ri-ri-ri-rã;
rai-rai-rã; ta-ri-ri-rã; ta-ri-ri-rã.
Huhá!
Deo gratias! Há lugar cá
pera minha reverença?
E a senhora Florença
polo meu[117] entrará lá!

Parvo

Andar, muitieramá!
Furtaste esse trinchão[118], Frade?

Frade

Senhora, dá-me à vontade
que este feito mal está.
Vamos onde havemos d'ir!
Não praza a Deus coam a ribeira!
Eu não vejo aqui maneira
senão, enfim, concrudir[119].

---

117. "Polo meu": Por minha causa.
118. Trinchão: Espada.
119. Concrudir: Concluir.

Diabo
Haveis, padre, de viir[120].

Frade
Agasalhai-me lá Florença,
e cumpra-se esta sentença:
ordenemos de partir.

*Tanto que o Frade foi embarcado, veio üa Alcoviteira,
per nome Brízida Vaz, a qual chegando à barca infernal,
diz desta maneira:*

Brízida
Houlá da barca, houlá!

Diabo
Quem chama?

Brízida
Brízida Vaz.

Diabo
E aguarda-me, rapaz?
Como nom vem ela já?

---

120. Viir: Vir.

Companheiro

Diz que nom há de vir cá
sem Joana de Valdês.

Diabo

Entrai vós, e remareis.

Brízida

Nom quero eu entrar lá.

Diabo

Que saboroso arrecear[121]!

Brízida

Nom é essa barca que eu cato.

Diabo

E trazeis vós muito fato?

Brízida

O que me convém levar.

---

121. Arrecear: Temer.

Diabo
Que é o que haveis d'embarcar?

Brízida
Seiscentos virgos[122] postiços
e três arcas de feitiços
que nom podem mais levar.
Três almários[123] de mentir,
e cinco cofres de enlheos[124],
e alguns furtos alheos,
assi em joias de vestir,
guarda-roupa d'encobrir[125],
enfim – casa movediça;
um estrado de cortiça
com dous coxins[126] d'encobrir.
A mor cárrega que é:
essas moças que vendia.
Daquestra mercadoria
trago eu muita, à bofé[127]!

---

122. Virgos: Virgindades; himens.
123. Almários: Armários.
124. Enlheos: Enredos.
125. Encobrir: Receptar.
126. Coxins: Almofadas.
127. Bofé: Boa-fé.

Diabo

Ora ponde aqui o pé...

Brízida

Hui! E eu vou pera o Paraíso!

Diabo

E quem te dixe[128] a ti isso?

Brízida

Lá hei de ir desta maré.

Eu sou üa mártela[129] tal!...
Açoutes tenho levados
e tormentos suportados
que ninguém me foi igual.
Se fosse ao fogo infernal,
lá iria todo o mundo!
A estoutra barca, cá fundo,
me vou, que é mais real.

---

128. Dixe: Disse.
129. Mártela: Mártir.

Chegando à Barca da Glória, diz ao Anjo:

Brízida

Barqueiro, mano, meus olhos,
prancha a Brízida Vaz.

Anjo

Eu não sei quem te cá traz...

Brízida

Peço-vo-lo de giolhos[130]!
Cuidais que trago piolhos,
anjo de Deos, minha rosa?
Eu sou aquela preciosa
que dava as moças a molhos,

a que criava as meninas
pera os cónegos da Sé...
Passai-me, por vossa fé,
meu amor, minhas boninas,
olho de perlinhas[131] finas!
E eu sou apostolada,
angelada e martalada,

---

130. Giolhos: Joelhos.
131. Perlinhas: Pequenas pérolas.

e fiz cousas mui divinas.
Santa Úrsula nom converteu
tantas cachopas[132] como eu:
todas salvas polo meu
que nenhüa[133] se perdeu.
E prouve Àquele do Céu
que todas acharam dono.
Cuidais que dormia eu sono?
Nem ponto se me perdeu!

Anjo
Ora vai lá embarcar,
não esteis importunando.

Brízida
Pois estou-vos eu contando
o porque me haveis de levar.

Anjo
Não cures de importunar,
que não podes vir aqui.

---

132. Cachopas: Moçoilas.
133. Nenhüa: Nenhuma.

Brízida
E que má hora eu servi,
pois não me há de aproveitar!...

Torna-se Brízida Vaz à Barca do Inferno, dizendo:

Brízida
Hou barqueiros da má hora,
que é da prancha, que eis me vou?
E já há muito que aqui estou,
e pareço mal cá de fora.

Diabo
Ora entrai, minha senhora,
e sereis bem recebida;
se vivestes santa vida,
vós o sentireis agora...

Tanto que Brízida Vaz se embarcou, veio um Judeu, com um bode às costas; e, chegando ao batel dos danados, diz:

Judeu
Que vai cá? Hou marinheiro!

Diabo

Oh! Que má hora vieste!...

Judeu

Cuj'é[134] esta barca que preste?

Diabo

Esta barca é do barqueiro.

Judeu

Passai-me por meu dinheiro.

Diabo

E o bode há cá de vir?

Judeu

Pois também o bode há de vir.

Diabo

Que escusado[135] passageiro!

Judeu

Sem bode, como irei lá?

---

134. Cuj'é: De quem é.
135. Escusado: Desnecessário.

Diabo
Nem eu nom passo cabrões.

Judeu
Eis aqui quatro tostões
e mais se vos pagará.
Por vida do Semifará
que me passeis o cabrão!
Quereis mais outro tostão?

Diabo
Nem tu nom hás de vir cá.

Judeu
Por que nom irá o judeu
onde vai Brízida Vaz?
Ao senhor meirinho[136] apraz?
Senhor meirinho, irei eu?

Diabo
E ao fidalgo, quem lhe deu...
o mando, dize, do batel?

---

136. Meirinho: Funcionário da justiça.

Judeu

Corregedor, coronel,
castigai este sandeu!

Azará[137], pedra miúda,
lodo, chanto, fogo, lenha,
caganeira que te venha!
Má corrença[138] que te acuda!
Par el Deu, que te sacuda
co'a beca nos focinhos!
Fazes burla dos meirinhos?
Dize, filho da cornuda!

Parvo

Furtaste a chiba[139] cabrão?
Parecês-me vós a mim
gafanhoto d'Almeirim
chacinado em um seirão.

Diabo

Judeu, lá te passarão,
porque vão mais despejados.

---

137. Azará: Desgraça.
138. Corrença: Diarreia.
139. Chiba: Cabrita.

Parvo
E ele mijou nos finados
n'ergueja de São Gião!
E comia a carne da panela
no dia de Nosso Senhor!
E aperta o salvador,
e mija na caravela!

Diabo
Sus, sus! Demos à vela!
Vós, Judeu, irês à toa,
que sois mui ruim pessoa.
Levai o cabrão na trela[140]!

*Vem um Corregedor, carregado de feitos, e, chegando
à barca do Inferno, com sua vara na mão, diz:*

Corregedor
Hou da barca!

Diabo
Que quereis?

Corregedor
Está aqui o senhor juiz?

---

140. Trela: Correia de couro.

Diabo
Oh, amador de perdiz.
gentil cárrega trazeis!

Corregedor
No meu ar conhecereis
que nom é ela do meu jeito.

Diabo
Como vai lá o direito?

Corregedor
Nestes feitos o vereis.

Diabo
Ora, pois, entrai. Veremos
que diz i nesse papel...

Corregedor
E onde vai o batel?

Diabo
No Inferno vos poeremos.

Corregedor
Como? À terra dos demos
há de ir um corregedor?

Diabo
Santo descorregedor,
embarcai, e remaremos!
Ora, entrai, pois que viestes!

Corregedor
Non est de regulae juris[141], não!

Diabo
Ita, Ita![142] Dai cá a mão!
Remaremos um remo destes.
Fazei conta que nascestes
pera nosso companheiro.
– Que fazes tu, barzoneiro[143]?
Faze-lhe essa prancha prestes!

---

141. *"Non est de regulae juris"*: Não é dos preceitos da lei.
142. *"Ita, Ita!"*: Sim, sim!
143. Barzoneiro: Que é preguiçoso.

Corregedor

Oh! Renego da viagem
e de quem me há de levar!
Há 'qui meirinho do mar?

Diabo

Não há tal costumagem[144].

Corregedor

Nom entendo esta barcagem,
nem *hoc nom potest esse*[145].

Diabo

Se ora vos parecesse
que nom sei mais que linguagem...
Entrai, entrai, corregedor!

Corregedor

Hou! *Videtis qui petatis*[146]
Super jure magestatis[147]
tem vosso mando vigor?

---

144. Costumagem: Costume.
145. "*Hoc nom potest esse*": Isso não pode ser.
146. "*Videtis qui petatis*": Vede o que pedis.
147. "*Super jure magestatis*": Acima do direito de majestade.

Diabo

Quando éreis ouvidor
non ne accepistis rapina?[148]
Pois ireis pela bolina[149]
onde nossa mercê for...
Oh! que isca esse papel
pera um fogo que eu sei!

Corregedor

Domine, memento mei![150]

Diabo

Non es tempus[151], bacharel!
Imbarquemini[152] *in* batel
quia Judicastis malitia[153].

---

148. "Non ne accepistis rapina?": Não terias aceitado propina?
149. Bolina: Cabo de sustentação das velas.
150. "*Domine, memento mei!*": Senhor, lembra-te de mim!
151. "*Nos es tempus*": Não há mais tempo.
152. *Imbarquemini*: Embarcai.
153. "*Quia Judicastis malitia*": Já que fostes desonesto nos julgamentos.

Corregedor

Semper ego justitia
fecit, e bem por nivel[154].

Diabo

E as peitas[155] dos judeus
que a vossa mulher levava?

Corregedor

Isso eu não o tomava
eram lá percalços seus.
Nom som *pecatus* meus,
peccavit uxor mea[156].

Diabo

Et vobis quoque cum ea[157],
não *temuistis Deus*.
A largo modo adquiristis
sanguinis laboratorum[158]

---

154. *Semper ego justitia fecit*, e bem por nivel: Eu sempre fiz
a justiça, e de forma imparcial.
155. Peitas: Propinas.
156. "*Peccavit uxor mea*": O pecado é da minha mulher.
157. "*Et vobis quoque cum ea*": E vós com ela.
158. "*Sanguinis laboratorum*": O sangue de quem trabalha.

ignorantis peccatorum[159].
Ut quid eos non audistis?[160]

Corregedor

Vós, arrais, *none legistis*[161]
que o dar quebra os penedos?
Os direitos estão quedos,
sed aliquid tradidistis[162]...

Diabo

Ora entrai, nos negros fados!
Ireis ao lago dos cães
e vereis os escrivães
como estão tão prosperados.

Corregedor

E na terra dos danados
estão os Evangelistas?

---

159. "*Ignorantis peccatorum*": Pecadores imbecis.
160. "*Ut quid eos non audistis?*": Por qual razão não ouvistes?
161. "*None legistis*": Não lestes.
162. "*Sed aliquid tradidistis*": Se tiverdes ajudado (financeiramente).

Diabo
Os mestres das burlas[163] vistas
lá estão bem fraguados[164].

Estando o Corregedor nesta prática com o Arrais infernal, chegou um Procurador, carregado de livros, e diz o Corregedor ao Procurador:

Corregedor
Ó senhor Procurador!

Procurador
Beijo-vo-las mãos, Juiz!
Que diz esse arrais? Que diz?

Diabo
Que sereis bom remador.
Entrai, bacharel doutor,
e ireis dando na bomba[165].

---

163. Burlas: Fraudes.
164. Fraguados: Amargurados.
165. "Dando na bomba": Retirando a água que está no interior do barco.

Procurador

E este barqueiro zomba...
Jogatais de zombador?
Essa gente que aí está
pera onde a levais?

Diabo

Pera as penas infernais.

Procurador

Dix! Nom vou eu pera lá!
Outro navio está cá,
muito melhor assombrado.

Diabo

Ora estás bem aviado!
Entra, muitieramá!

Corregedor

Confessaste-vos, doutor?

Procurador

Bacharel sou. Dou-me à Demo!
Não cuidei que era extremo,

nem de morte minha dor.
E vós, senhor Corregedor?

Corregedor
Eu mui bem me confessei,
mas tudo quanto roubei
encobri ao confessor...

Procurador
Porque, se o nom tornais,
não vos querem absolver,
e é mui mau de volver
depois que o apanhais.

Diabo
Pois por que nom embarcais?

Procurador
Quia speramus in Deo[166].

---

166. "*Quia speramus in Deo*": Pois acreditamos em Deus.

Diabo

Imbarquemini in barco meo...[167]
Pera que *esperatis* mais?

Vão-se ambos ao batel da Glória, e, chegando, diz o Corregedor ao Anjo:

Corregedor

Ó arrais dos gloriosos,
passai-nos neste batel!

Anjo

Oh! pragas pera papel,
pera as almas odiosos!
Como vindes preciosos,
sendo filhos da ciência!

Corregedor

Oh! *Habeatis*[168] clemência e
passai-nos como vossos!

---

167. "*Imbarquemini in barco meo...*": Embarcai em barco meu...
168. *Habeatis*: Tende.

Parvo

Hou, homens dos breviairos[169],
rapinastis coelhorum[170]
et pernis perdigotorum[171]
e mijais nos campanairos[172]!

Corregedor

Oh! não nos sejais contrairos[173],
pois nom temos outra ponte!

Parvo

Belequinis ubi sunt?[174]
Ego latinus macairos.[175]

Anjo

A justiça divinal
vos manda vir carregados
porque vades embarcados
nesse batel infernal.

---

169. Breviairos: Breviários.
170. "*Rapinastis coelhorum*": Furtastes coelhos.
171. "*Et pernis perdigotorum*": E pernas de perdizes.
172. Campanairos: Campanários.
173. Contrairos: Contrários.
174. "*Belequinis ubi sunt?*": Onde estão os policiais?
175. "*Ego latinus macairos*": Eu falo latim impecavelmente.

Corregedor

Oh! nom praza a São Marçal!
com a ribeira, nem com o rio!
Cuidam lá que é desvario
haver cá tamanho mal!

Procurador

Que ribeira é esta tal!

Parvo

Parecês-me vós a mi
como cagado nebri[176],
mandado no Sardoal.
Embarquetis in zambuquis[177]!

Corregedor

Venha a negra prancha cá!
– Vamos ver este segredo.

Procurador

Diz um texto do Degredo...

---

176. Nebri: Falcão ensinado.
177. *"Embarquetis in zambuquis"*: Embarcai no zambuco.

Diabo

Entrai, que cá se dirá!

E tanto que foram dentro no batel dos condenados,
disse o Corregedor a Brízida Vaz, porque a conhecia:

Corregedor

Oh! esteis muitieramá,
senhora Brízida Vaz!

Brízida

Já siquer estou em paz,
que não me leixáveis lá.
Cada hora sentenciada:
"Justiça que manda fazer..."

Corregedor

E vós... tornar a tecer
e urdir[178] outra meada[179].

Brízida

Dizede, juiz d'alçada:
vem lá Pero de Lisboa?

---

178. Urdir: Tramar.
179. Meada: Intriga.

Levá-lo-emos à toa
e irá nesta barcada.

*Vem um homem que morreu Enforcado, e, chegando
ao batel dos mal-aventurados, disse o Arrais, tanto que
chegou:*

Diabo

Venhais embora, enforcado!
Que diz lá Garcia Moniz?

Enforcado

Eu te direi que ele diz:
Que fui bem-aventurado
em morrer dependurado
como o tordo[180] na buiz[181],
e diz que os feitos que eu fiz
me fazem canonizado.

Diabo

Entra cá, governarás
atá as portas do Inferno.

---

180. Tordo: Pássaro.
181. Buiz: Armadilha.

Enforcado

Nom é essa a nau que eu governo.

Diabo

Mando-te eu que aqui irás.

Enforcado

Oh! nom praza a Barrabás!
Se Garcia Moniz diz
que os que morrem como eu fiz
são livres de Satanás...
E disse que a Deus prouvera
que fora ele o enforcado;
e que fosse Deus louvado
que em boa hora eu cá nascera;
e que o Senhor m'escolhera;
e por bem vi beleguins.
E com isto mil latins[182],
mui lindos, feitos de cera.
E, no passo derradeiro,
me disse nos meus ouvidos
que o lugar dos escolhidos
era a forca e o Limoeiro;

---

182. Latins: Falas de difícil compreensão.

nem guardião do moesteiro[183]
nom tinha tão santa gente
como Afonso Valente
que é agora carcereiro.

Diabo

Dava-te consolação
isso, ou algum esforço?

Enforcado

Com o baraço[184] no pescoço,
mui mal presta a pregação...
E ele leva a devoção
que há de tornar a jentar[185]...
Mas quem há de estar no ar
avorrece-lhe[186] o sermão.

Diabo

Entra, entra no batel,
que ao Inferno hás de ir!

---

183. Moesteiro: Mosteiro.
184. Baraço: Corda.
185. Jentar: Jantar.
186. Avorrece-lhe: Aborrece-lhe.

Enforcado

O Moniz há de mentir?
Disse-me que com São Miguel
jentaria pão e mel
tanto que fosse enforcado.
Ora, já passei meu fado,
e já feito é o burel[187].

Agora não sei que é isso:
não me falou em ribeira,
nem barqueiro, nem barqueira,
senão – logo ao Paraíso.
Isto muito em seu siso[188].
e era santo o meu baraço...
Eu não sei que aqui faço:
que é desta glória emproviso[189]?

Diabo

Falou-te no Purgatório?

Enforcado

Disse que era o Limoeiro[190],
e ora por ele o salteiro[191]

---

187. Burel: Traje de luto.
188. Siso: Juízo.
189. Emproviso: Improviso.
190. Limoeiro: Famosa prisão de Lisboa da época.
191. Salteiro: Saltério.

e o pregão vitatório[192];
e que era mui notório
que aqueles deciprinados[193]
eram horas dos finados
e missas de São Gregório.

Diabo
Quero-te desenganar:
se o que disse tomaras,
certo é que te salvaras.
Não o quiseste tomar...
– Alto! Todos a tirar,
que está em seco o batel!
– Saí vós, Frei Babriel!
Ajudai ali a botar!

*Vêm Quatro Cavaleiros cantando, os quais trazem
cada um a Cruz de Cristo, pelo qual Senhor e acrescen-
tamento de Sua santa fé católica morreram em poder dos
mouros. Absoltos a culpa e pena per privilégio que os que
assi morrem têm dos mistérios da Paixão d'Aquele por
Quem padecem, outorgados por todos os Presidentes Su-
mos Pontífices da Madre Santa Igreja. E a cantiga que assi
cantavam, quanto à palavra dela, é a seguinte:*

---

192. Vitatório: Antes da execução do condenado.
193. Deciprinados: Disciplinados.

Cavaleiros
À barca, à barca segura,
barca bem guarnecida,
à barca, à barca da vida!

Senhores que trabalhais
pola vida transitória,
memória, por Deus, memória
deste temeroso cais!
À barca, à barca, mortais,
barca bem guarnecida,
à barca, à barca da vida!

Vigiai-vos, pecadores,
que, depois da sepultura,
neste rio está a ventura
de prazeres ou dolores!
À barca, à barca, senhores,
barca mui nobrecida,
à barca, à barca da vida!

*E passando per diante da proa do batel dos danados
assi cantando, com suas espadas e escudos, disse o Arrais
da perdição desta maneira:*

Diabo
Cavaleiros, vós passais
e nom perguntais onde is?

1º Cavaleiro
Vós, Satanás, presumis?
Atentai com quem falais!

2º Cavaleiro
Vós que nos demandais?
Siquer conhecei-nos bem:
morremos nas Partes d'Além[194],
e não queirais saber mais.

Diabo
Entrai cá! Que cousa é essa?
Eu nom posso entender isto!

Cavaleiros
Quem morre por Jesu Cristo
não vai em tal barca como essa!

---

194. Partes d'Além: Além-mar.

Tornaram a prosseguir, cantando, seu caminho direito à barca da Glória, e, tanto que chegam, diz o Anjo:

Anjo
Ó cavaleiros de Deus,
a vós estou esperando,
que morrestes pelejando
por Cristo, Senhor dos Céus!
Sois livres de todo mal,
mártires da Santa Igreja,
que quem morre em tal peleja
merece paz eternal.

E assi, embarcam.

Este livro foi impresso pela Gráfica Rettec
em fonte Minion Pro sobre papel Pólen Bold 70 g/m²
para a Via Leitura no verão de 2024.